台北大空襲　紀念詩集

目錄

宋尚緯

殘餘

故事充滿空白
那些原應有的名字
都被抹去，或被替換成
另一個在場的人
遠方火光閃爍
好似有人擂鼓
記憶中滿是斷垣
殘壁散落，我看見
沿路破碎的石塊
巨大的聲響吞沒我
城市正在燃燒
焚毀我們原有的日常
與原有的記憶

李豪

勝利者

我們都在無知的搖籃裡
即使彼岸的蜂群
以危險的態勢
飛行，每日數次
過於接近海峽
渾然不覺恐懼

假使歷史的浮光掠影
滲入夢境
我們在血紅長空之下
如末日將至
殘垣斷壁、火舌通天
爆炸與爆炸連綿

掩蓋葬禮的夜色
老嫗和婦孺結伴同行
以母語祈求上蒼
遠離空襲的大雨

可誰是上帝？
我們的城又豈是索多瑪？

當然，殿堂傾頹
王的堡壘也會倒塌
大火在流光中熄滅
帝國的日落
墜入焦黑死寂之海

翌日又有新的太陽
在這座土地上加冕

燒夷了一切
廢墟的年號
死者的名字
都化為灰燼

數十年後
我們依然是受傷的人
卻要反覆聽訓著
「你和我們都是勝利者」

林季鋼

天經：射日

光那一天掉落的太陽七十顆，重重千磅傾盆而下，打翻整座蓬萊，默認 tsá tō í-king puáh-lóh suann-kha. クロ？クロ？ ū thiann siann 來了！來了！ khuànn bô-iánn. 想見黑，是不是並非望去的一無所有？看來明白，永劫の生命の一有空，無所不用しるしなる——空出來防空。

林婉瑜

爆擊

雖然無數的防空演習
空襲警報響起
他還是像一顆90磅M82破片殺傷彈倏地炸開
衝進硝煙做成的雲裡
（後來被炸毀的）避難所，黑暗中眼睛竊竊失語
炸彈擊毀建物
800英尺濃煙沖天拔高，成為（即將消散的）新的建物
B-24轟炸機們在天空寫字筆畫凌亂
有一顆炮彈的終點預設為，他兒子的座標
城市曾經有骨骼和心臟
著火的人曾有姓名

多年後

中學生輕鬆談笑走過，昔日防空空地

眼神回到手上發霉了一角的麵包

不讓女兒拿去丟掉：「這可以吃啦！以前，空襲的時

候，都沒東西吃⋯⋯」

一張滿目瘡痍的城市照片

印在他的視網膜底

每晚，他的夢還在空襲

燃燒的人都在夢中回來

凌性傑

未來號

這一天，死亡纏繞家園
遠方的雲霞燃燒殆盡
天使將灰燼灑落人間
我揣著一架紙飛機
上面寫著未來號
沒有時間回頭，只能
往更虛無的地方奮力奔跑

當所有練習都已成真
我甚至來不及擦去淚水
就在生與死的間隙
跟著陌生人躲進防空洞
黑暗裡睜大眼睛仍看不見未來

未來的影子與我錯身而過

太過暴力的和平鳥
已經默默飛去
我再也握不住
那架以未來為名的紙飛機

陳繁齊

清醒

你是否明白死亡發生時
並不會張開眼睛
地圖也不會畫上人群
落彈像血斑
卻找不到主人
你是否明白？立場是
牆的兩面，當毀棄了
就不再被誰辨別

而此刻我們
站在這裡。或想像
自己站在這裡
用盡全力拾起一粒碎石

是為了辨清天空的顏色
在清醒的時候
試著牢牢記住：
有些人是曾走過了火
後來才成為樹

溫如生

蒙塵

從未試圖尋找缺口
像已經認定杯裡未滿的水
原本就是如此
清晨的雨淋濕了記憶
枕著染紅的土睡著
都感覺安全

餘光裡模糊的影
都以為是
慶祝的火
沒注意在天邊
映出一張張破碎的臉

看得見嗎
會被想起嗎
知道有人試圖張開雙手擁抱
接納一切的毀滅
還是要奔跑去拿昨天
忘記的那杯水

楚影

前行讓我明白

我如何從一場脆弱的
時代裡走來呢
沿途破碎的話語
又該朝何處去

猛然聲響是失序的哀歌
火焰成為血的顏色
前行讓我明白
眼前落不盡的陰霾
是無人可問的悲哀

我只能以孤獨偽裝
遠離席捲的死亡

在一切逐漸消逝的此刻

面對活著的選擇

劉定騫

紅色雨

遠方飛來的烏雲
挾帶滂沱惡意
比風颱更響
淹沒日常對話

迷霧逐漸遮蓋日頭
紅色雨
無差別地落

哭喊正在重疊
被驚醒的鯰
震動地面

出門記得帶傘
早點回家

叮嚀走近耳邊
天就突然暗了
好像來不及對妳
說聲抱歉

潘柏霖

我想看看你的天亮

不過是想要看看
你的世界
日照有沒有比這裡更亮
會不會總是下雨
在你沒帶傘的日子

也曾經只是
想帶你來我的世界
讓你看看這裡
潮濕、陰暗，長滿黴菌
我把那窩成了家

想知道你

能不能成為
我的太陽

羅毓嘉

我記得
警報響起時的天氣

我記得一座城市有兩間酒館。我記得
有誰隨意配對手中的紙牌指派我前來這裡
我記得明信片蓋著風景與郵戳，沿途氣溫下降
記得瓶身結上了薄霜
我記得那天僅僅是個短暫的晴天

我記得人們穿夏天的服飾，旁觀滑雪者
自四面八方飛下山坡。我記得昨日留在昨日的岩壁上
我將是自己唯一的星圖
我記得歷史然而我對歷史毫無所悉
我記得城市的郊區也有一站以此為名
記得我負著站牌前進，以為啓程過了才兩個街區
我記得想自己到達比較高的那座山峰

記得背後的星辰是漸遠漸小了而鞋
在山腳下守候。記得那裡有人身著藍色襯衫
然而我不記得他是否一樣微笑

我記得自己辨識窗戶陌生的輪廓，記得
城牆底下的死者，記得有些人將成為蟲蛇的獵物
我記得雪會落在北方那座山脊
我們彷彿記得如何生活
而站牌孤獨得像是另一個房間

台北大空襲　紀念詩集

作　　者／宋尚緯、李豪、林季鋼、林婉瑜、凌性傑、陳繁齊、溫如生、楚影、劉定騫、潘柏霖、羅毓嘉
總 經 理／陳君平
榮譽發行人／黃鎮隆
協　　理／洪琇菁
總 編 輯／呂尚燁
主　　編／劉銘廷
美術總監／沙雲佩
美術編輯／方品舒
行銷宣傳／楊玉如、洪國瑋、施語宸
國際版權／黃令歡、梁名儀
內文排版／尚騰印刷事業有限公司

迷走工作坊有限公司
創 辦 人／張少濂
企劃編輯／楊迪雅、鄭珮慈、徐慧湘
美術協力／吳欣瑋
印刷協力／林岱葶、黃乙婷
地　　址／台北市大同區赤峰街七十一巷四號四樓

出　　版／城邦文化事業股份有限公司　尖端出版
台北市中山區民生東路二段一四一號十樓
電話：（〇二）二五〇〇—七六〇〇　傳真：（〇二）二五〇〇—一九七一
E-mail：spp_books@mail2.spp.com.tw

發　　行／英屬蓋曼群島商家庭傳媒股份有限公司城邦分公司　城邦分公司　尖端出版行銷業務部
台北市中山區民生東路二段一四一號十樓
電話：（〇二）二五〇〇—七六〇〇（代表號）　傳真：（〇二）二五〇〇—一九七九

法律顧問／王子文律師　元禾法律事務所
台北市羅斯福路三段三十七號十五樓

二〇二二年六月一版一刷　Printed in Taiwan　非賣品